AF222650

Thea Boll

Das Geheimnis der Wortknospen

Thea Boll

Das Geheimnis der Wortknospen

Erzählung

Bibliografische Information der Deutschen Nationalbibliothek: Die Deutsche Nationalbibliothek verzeichnet diese Publikation in der Deutschen Nationalbibliografie; detaillierte bibliografische Daten sind im Internet über http://dnb.dnb.de abrufbar.

Die automatisierte Analyse des Werkes, um daraus Informationen insbesondere über Muster, Trends und Korrelationen gemäß §44b UrhG („Text und Data Mining") zu gewinnen, ist untersagt.

© 2025 Thea Boll

Lektorat: Mirko Partschefeld

Verlag: BoD · Books on Demand GmbH, Überseering 33, 22297 Hamburg, bod@bod.de

Druck: Libri Plureos GmbH, Friedensallee 273, 22763 Hamburg

ISBN: 978-3-8192-2812-4

Gewidmet meinen Eltern
in Dankbarkeit für
das wundervolle Geschenk
des Lebens!

Vorwort

Über die Autorin und die seltsamen Begebenheiten, die dazu führten, dass Du, hier und jetzt, dieses Buch in der Hand hältst.

Wie ich Thea Boll kennenlernte

Es war an einem Sommertag. Ich fühlte mich matt von der Wärme und meinem anstrengenden Arbeitstag. Auf dem Heimweg kam ich an einem großen, gusseisernen Tor vorbei, einem Eingang zum inzwischen stark verwilderten Stadtpark. Sonst hatte ich ihm nie besondere Beachtung geschenkt. An jenem Tag jedoch schien mir der Schatten großer Bäume verlockend. Ich trat hindurch und folgte einem asphaltierten Weg, dem die Jahreszeiten und die unbändige Kraft kleiner Gräser und Gänseblümchen bereits viele Risse zugefügt hatten.

Zu meinem Erstaunen führte der Weg leicht hügelabwärts zu einem vermutlich künstlich angelegten See, wie er in vielen Stadtparks zu finden ist. Noch verwunderlicher war ein

Bootsverleih, der anscheinend unbeirrt der Beachtungslosigkeit trotzte. Ein kleiner Mann mit dünnen Beinen und gepunktetem Sonnenhut saß vor dem verblichenen Schild:

„1 Stunde 2,- Euro,

2 Stunden 3,- Euro,

Tagespreis 10,- Euro"

Fünf Ruderboote lagen am Steg vertäut.

„Warum nicht?", dachte ich mir.

Und so kam es, dass ich an jenem Sommertag über den kleinen See unseres Stadtparks ruderte. Am anderen Ufer bemerkte ich eine Picknickdecke mit großen, grellen Karos, auf der eine Frau saß und zu mir hinüberblickte. Sonst war niemand auf dem See und am Ufer zu sehen. Ich weiß noch, dass ich dachte, der kleine See sei vermutlich ein Geheimtipp, denn schon kleinere Wasserstellen verschwinden bei diesen Temperaturen gewöhnlich in einer Masse von nackten Beinen, Badeanzügen und -hosen und lautem Geschrei.

Das Rudern war anstrengender, als ich gedacht hatte. Das Boot ließ sich nur schwer lenken und so landete ich ziemlich unsanft mit einem Knirschen am Ufer direkt vor der bunten Decke.

„Du ruderst verkehrt herum", meinte die Frau und lachte. Sie hatte strahlende grüne Augen und rötlich-blonde Locken, die eigenwillig ihr Gesicht umrahmten.

„Nun", meinte ich, „ich wollte eben sehen, wohin ich fahre und die Picknickdecke war ein einladendes, farbenfrohes Ziel."

„Magst du dich zu mir setzen?", fragte sie. „Ich bin übrigens Thea, Thea Boll!" Sie streckte mir beinahe kess ihre Hand entgegen. Noch nie zuvor hatte ich so spontan die Einladung einer fremden Person angenommen. Doch Thea mochte ich auf den ersten Blick. Ich setzte mich zu ihr in den Schatten der ausladenden Platanen. Das Wasser des Sees glitzerte in der Nachmittagssonne.

„Wie angenehm es ist, hier von all den Problemen und Ärgernissen des Alltags abzuspannen", meinte ich und vermutlich entfuhr mir dabei ein Seufzen.

„Du hast Sorgen?", fragte Thea.

„Wer hat die nicht", entgegnete ich ausweichend und blickte auf das Wasser.

„Probleme und Ärgernisse sind etwas Wundervolles", meinte Thea, „ich nehme so viele, wie ich nur kann auf einmal in die Hand, forme daraus eine Kugel und werfe sie wie einen Ball hoch in den Himmel. Er hüpft von Wolke zu Wolke. Da Wolken kitzelig sind, wird eine von ihnen anfangen zu kichern und sich auflösen. Aus ihrem Lachen entsteht so irgendwo auf dieser Welt ein Regenbogen."

Ich sah Thea an. Sie meinte es ernst! Nachdenklich rieb sie mit ihrem rechten Zeigefinger ihre Nasenwurzel und ihre Augen verfärbten sich von Grün zu einem hellen Grau: „Schade, dass so wenige Menschen wissen, wie man mit Ärger umgeht. Die Welt wäre voller Regenbögen!"

Ich weiß natürlich nicht, wie es Dir geht, doch ich war ab diesem Moment hin und weg. Und so saß ich auf Theas bunter Picknickdecke und wir plauderten miteinander.

„Magst du Geschichten?", fragte Thea.

Ich nickte: „O ja, leider komme ich viel zu selten zum Lesen."

„Ich habe gerade eine Geschichte fertig geschrieben", meinte Thea. „Es wäre mir eine Freude, sie dir vorzulesen und zu erfahren, was du von ihr hältst."

Sie holte ein dunkelblaues, abgegriffenes Notizbuch aus ihrer Tasche. Ich machte es mir auf der Decke gemütlich und Thea begann:

Wo war sie bloß?

Es war finster und der Boden war rutschig. Sie wollte sich festhalten, verfing sich in einer Brombeerschlinge und mit einem leisen „Ratsch" zerriss der rechte Ärmel ihrer Bluse.

Der Grumpf ... Bestimmt folgte er ihr! Sie hatte die Gartentür nahezu geräuschlos hinter sich zugezogen. Dennoch hatte er inzwischen sicher bemerkt, dass sie nicht mehr da war und suchte nun nach ihr, um sie zurückzuholen. Wenn es nur nicht so dunkel wäre! Sie blieb an einer Wurzel hängen, fiel zu Boden und, oh je, ein Abhang! Purzelnd kullerte sie in die Tiefe.

Als sie wieder zu sich kam, verkündete ein verschlafenes Zwitschern hier und dort in den Zweigen den nahenden Morgen. Langsam wich die Dunkelheit einem zwielichtigen Grau.

Vorsichtig bewegte sie ihre Füße, die Beine, die Arme, und schließlich ihren schmerzenden Kopf. Wie steif sie war! Sicherlich hatte sie Prellungen und Schürfwunden. Also sachte, sachte. Welch ein Glück, sie konnte alle Gliedmaßen bewegen. Sie setzte sich langsam auf, die Vogelstimmen in den Bäumen wurden zahlreicher, erklangen nahezu laut. Sie sah sich um.

Langsam und tief atmen! Kopf und Nacken drehen, den Schmerz fließen lassen ... Den Oberkörper mit der Drehung mitnehmen, die Beine zur Seite fallen lassen, vorsichtig, vorsichtig auf den Händen abstützen und - sie drehte sich um und erkannte im Dämmerlicht neben sich eine dunkle Stelle zwischen den Felsen. Vielleicht eine Höhle?

Behutsam lehnte sie ihren schmerzenden Körper an einen großen Felsbrocken. Sie würde ein Weilchen warten, bis es heller werden würde. Erschöpft legte sie den Kopf nach hinten und schlief ein.

Tanzende Schatten an ihren geschlossenen Augenlidern weckten sie. Der Wald atmete die Luft eines Sommertages.

Ihre trägen Gedanken kreisten langsam ins Hier und Jetzt ... Der Grumpf, ihre Flucht, die Nacht, der Wald, der Sturz und ... ach ja ... die Höhle! Ihr Körper fühlte sich schwer an. Sie hatte kaum Kraft, um sich aufzurichten. Ob der Grumpf ahnte, dass sie in den Wald gelaufen war? Sie betrachtete den schmalen Höhleneingang. Schutz, sie brauchte einen Unterschlupf! Langsam, im Rhythmus der Schmerzen atmend, kroch sie auf Händen und Knien los.

„Hallo, ist da jemand?" Kein Knurren, kein Zischen ... Stille ... Sie zwängte sich durch den Felsspalt und starrte angestrengt in die Dunkelheit. Langsam gewöhnten sich ihre Augen an das spärliche Licht, das durch einen Felsspalt an der Höhlendecke auf den erdigen, ebenen Boden und die kantigen Wände fiel. Es war kühl. Es roch nach feuchtem Granit. Die Höhle schien unbewohnt zu sein. Von Ferne drangen die Stimmen des Waldes zu ihr.

Doch was war das für ein Geräusch? Es hörte sich irgendwie vertraut an, wie ... Natürlich! Plätscherndes Wasser!

Erst jetzt bemerkte sie, wie durstig sie war. Sie krabbelte weiter in die Höhle hinein und tatsächlich! In einer Mulde blubberte eine

Quelle, das Wasser sammelte sich in einem kleinen Becken und verschwand weiter hinten zwischen den Felsen. Wie gut sie nun alles im Halbdunkel erkennen konnte! Sie beugte sich über das Wasser, schöpfte es mit den Händen und trank. Klare Frische durchströmte ihren Körper.

Da berührte sie etwas seltsam Weiches, Glitschiges. Erschrocken wich sie zurück. Eine kleine, vierbeinige Schlange tauchte vor ihr an die Oberfläche.

„Wer trinkt mein Wasser?", fragte eine feine Stimme.

„Oh, Verzeihung!"

„Es war ein Scherz, Menschenkind, Wasser kann niemandem gehören ... Erfrische dich in Ruhe ... Wie heißt du?"

„Ich bin Lina, und wer bist du?"

„Ich bin Atiz, der Wasserdrache. Sei willkommen! Was führt dich zu mir?"

„Ähm ... eigentlich wollte ich gar nicht ... Ich bin vor dem Grumpf weggelaufen ... nicht wirklich weggelaufen. Ich suche nach Hilfe. Der Grumpf hat eine schwere Krankheit. Er weiß nicht mehr, wer er ist. Er wollte mich einsperren aus Angst, ich würde ihn verlassen. Dabei müsste er doch wissen, dass ich das nicht tun würde. Wir waren einander doch stets auf eine besondere Art verbunden. Es gab etwas zwischen uns jenseits aller Worte. Bis er dieses seltsame Vergessen von ihm Besitz ergriff. Irgendjemand muss doch eine Medizin kennen …"

„Und du brauchst meine Hilfe?"

„Ich wusste ja gar nicht, dass es dich gibt", meinte Lina verlegen.

„Nun bist du hier, dein Herz hat dich zu mir geführt, also biete ich dir gerne meinen Rat an", entgegnete Atiz.

„Tatsächlich?", Lina sah ihn erwartungsvoll an.

„Gerne … Als Erstes spüre ich, dass du Schmerzen hast. Leg deine Hand ins Wasser, ich werde deine Verletzungen versorgen."

Lina tat, wie Atiz gesagt hatte. Sanft wand er sich um ihre Hand. Tatsächlich … die Prellungen verschwanden und die Schürfwunden schlossen sich.

„Wie machst du das?", fragte Lina erstaunt.

„Ich bin ein Drache. Ich kenne jede Wunde aus Erfahrung, daher kann ich sie heilen."

Lina betrachtete Atiz genauer, ein glänzender weiß- bläulicher Schimmer ging von ihm aus. Seine Augen leuchteten tief und unergründlich. Doch wie ... Sie konnte doch keine Drachensprache. Fragend beugte sie sich zu Atiz hinunter: „Wie können wir uns überhaupt unterhalten?"

Atiz hob den Kopf in ihre Richtung: „Als Drache kenne ich die Sprache vom Anbeginn der Zeit. Aus ihr gehen alle Worte hervor. Willst du nun einen Rat?"

„O ja, bitte!"

„Du sagst, der Grumpf weiß nicht, wer er ist. Weißt du denn, wer DU bist?"

„Natürlich, ich bin Lina!"

„Weißt du, WER du bist?"

„Nun ja ... so genau...", zögerte Lina

„Ohne dieses Wissen wirst du dem Grumpf nicht helfen können!" Atiz hob seinen Kopf aus dem Wasser und wandte ihn zum Höhlenende: „Siehst du das Tor dort?"

Lina blickte sich um, und tatsächlich, schemenhaft an der hinteren Wand der Höhle erkannte sie einen Torbogen. Sie stand auf und ging näher. Über dem Tor stand, eingemeißelt in den Felsen, der Schriftzug: „Erkenne dich selbst!" Erschrocken wich sie zurück.

„Ja, diese Weisheit begleitet euch Menschen bereits seit Jahrtausenden, sie stand über dem Tempel des Allerheiligsten und findet sich in vielen eurer Schriften."

„Nein", meinte Lina, „das will ich nicht! Mich erkennen und ansehen. Alles, nur das nicht, erkennen zu müssen, wer ich bin, macht mir Angst. Ich habe so viel falsch gemacht, was ich mir nicht vergeben kann. Vielleicht bin ich ja auch schuld daran, dass der Grumpf krank ist. Nein, das will ich nicht! Niemals, das kann ich nicht!"

„Du hast die Wahl", entgegnete Atiz, „der Grumpf wird bald hier sein. Nimm den Eingang dort, um zu ihm zurückzukehren oder das Tor, um Hilfe zu bekommen. Beide Wege stehen dir offen."

„Darf ich nicht bei dir bleiben?"

„Das darfst du ... Nur sag mir, was sich in einem Tag, einer Woche oder einem Jahr an deiner Situation und deinen Wahlmöglichkeiten geändert hätte." Atiz malte mit seinem Schwanz ein Fragezeichen in die plätschernden Wellen.

„Ich hätte noch Zeit", meinte Lina nach kurzem Überlegen.

„Brauchst du wirklich noch Zeit?"

In diesem Moment war ein Scharren am Höhleneingang zu hören. Mit dem Mut der Verzweiflung machte Lina einen Schritt auf das Tor zu.

„Nimm den Beutel mit!", rief Atiz.

Ein kleiner Sack fiel direkt vor ihre Füße. Sie ergriff ihn und schritt durch das Tor.

„Was auch immer geschehen mag, vertraue auf dein Gefühl!", klang die Stimme von Atiz ihr nach.

Lina drehte sich um. Das Tor war verschwunden. Stattdessen erhob sich hinter ihr eine raue Felsenlandschaft. Vor ihr lag eine unendliche Wüste.

Erkenne dich selbst! Wie sollte sie das nur machen? „Vertraue deinem Gefühl", hatte Atiz gemeint. Nur was sollte das bedeuten? Sollte sie am Ende in die Wüste wandern? Außer den Felsen hinter ihr sah sie nur Sand, der sich irgendwo in der Weite des Horizonts verlor. Sie spürte ein heftiges Ziehen in ihrer Magengegend. Langsam wanderte es nach oben, schnürte ihre Brust zu und ließ ihr Herz heftig klopfen. Wieso war sie so unbedacht gewesen und durch das Tor gegangen?

Sie ging zurück zum Felsen und klopfte. Vielleicht würde sie das Tor wieder finden und zurück zur Höhle gelangen. Doch da war nichts außer hartem, unerbittlichem Gestein. Wie würde sie hier überleben können? Was, wenn Atiz sie reingelegt hatte? Wie sollte sie in einer Wüste Hilfe für den Grumpf finden? Sie kannte ja nicht einmal die Richtung, in die sie laufen musste ... Nun gut, vielleicht war es am Besten, einfach loszulaufen. Und wenn sie dabei starb, wäre das nicht weiter schlimm. Dann wäre wenigstens alles vorüber.

„Sei vorsichtig mit dem, was du denkst!"

Lina zuckte zusammen. Gut getarnt zwischen den Felsen entdeckte sie eine Schildkröte.

„Woher weißt du, was ich denke?"

„Guten Tag erst einmal. Ich bin Thylta-Ma. Es ist mir eine Freude, dich kennenzulernen."

„Ich bin Lina." Allein die Gegenwart von Thylta-Ma beruhigte ihr heftig klopfendes Herz. Sie war nicht alleine an diesem fremden, lebensfeindlichen Ort. Thylta-Ma schaufelte bedächtig im Sand: „Es war keine große Kunst, deine Gedanken zu lesen, denn du hast sie leise gemurmelt. Doch Worte haben immer Macht, egal ob im Stillen oder ausgesprochen. Du bist also auf der Reise zu dir selbst?"

„Wenn du es so bezeichnen willst ...", zögerte Lina, „genau genommen bleibt mir wohl keine andere Wahl. Ich weiß nicht, ob ich das will, mir graut vor dem, was mich wohl erwartet."

Thylta-Ma sah sie an. Ein uraltes und zugleich zeitloses Lächeln umspielte ihren Mund: „Ich werde dir helfen. Diese Wüste formt sich nach deinen Gedanken, ebenso, wie sich dein Weg danach gestalten wird. Also, geh achtsam mit deinen ausgesprochenen und unausgesprochenen Worten um."

Lina sah sie fragend an.

„Mein erster Rat für dich ist, in der Gegenwart zu bleiben. Vergangenheit und Zukunft sind Illusionen. Mit ängstlichen und sorgenvollen Gedanken an das, was war und das, was vielleicht sein wird, wirst du nur Hindernisse auf deinem Weg erschaffen."

„Wie mache ich das?"

„Achte auf all das, was du gegenwärtig erlebst. Um dir dabei selbst zu helfen, sprich einfach laut aus, was du gerade tust und spürst."

„Wenn das alles ist", rief Lina erleichtert aus, „dann mache ich mich gleich auf den Weg!"

Sie wollte schon aufspringen, unterbrach sich jedoch: „Hast du noch einen Rat für mich?"

„Befolge dies, alles Weitere wird sich zeigen!"

Mit einem bedächtigen Nicken verabschiedete sich Thylta-Ma und zog ihren Kopf in den Panzer zurück.

Lina schloss die Augen, verlagerte ihr Gewicht vom rechten auf den linken Fuß und wieder zurück. Dann atmete sie tief und entschlossen ein: „Ich vertraue meinem Gefühl!", und machte sich auf den Weg, der Sonne entgegen. „Ich spüre den Beutel als Rucksack auf meinem Rücken. Dort drüben ist ein Stock, ich nehme ihn als Wanderstock. Der Wind streicht über mein Gesicht, die Sonne scheint warm auf meinen Kopf ..." So stampfte Lina beherzt in die Wüste, spürte der Beschaffenheit des Bodens nach, bewunderte die verschiedenen Farbschattierungen des Sandes, beobachtete kleine Sandwirbel unter den immer intensiver werdenden Strahlen der Sonne.

Nach einer Weile wurde sie müde und durstig. Im Schatten einer großen Düne machte sie Rast und legte den Rucksack ab. Sie öffnete ihn und zu ihrer Überraschung fand sie einen schillernden, sanft umhüllten Wassertropfen. Behutsam nahm sie ihn in beide Hände und trank. Zu ihrem Erstaunen wurde der Tropfen nicht kleiner. Sie trank und trank, bis es in ihrem Bauch gluckerte. Weiter unten im Sack fand sie noch Beeren und Nüsse! Wie gut Atiz für sie gesorgt hatte!

Erst jetzt bemerkte sie, wie müde sie war. Der Sand unter ihr formte eine gemütliche Mulde. Sie legte sich hin und schlief ein.

Als sie aufwachte, stand die Sonne schon schräg am Horizont und tauchte die Umgebung in purpurfarbenes Licht. Wie es wohl dem Grumpf ging? Was machte er bloß so allein? Was, wenn ihm etwas zustieß ... Ob es wohl die richtige Entscheidung gewesen war, ihn zurückzulassen? Sie stand auf und machte ein paar unschlüssige Schritte. Plötzlich begann der Sand unter ihr zu rutschen, wurde zu einem Strudel und schien sie verschlingen zu wollen.

Angst packte Lina ... Sie ruderte mit ihren Armen und schrie um Hilfe. Wie dumm von ihr, wer sollte sie denn in dieser Einsamkeit hören? Was sollte sie jetzt bloß machen? Der Treibsand wird sie mit sich ziehen und sie wird kläglich nach Luft ringend, bedeckt von meterhohem Wüstenboden sterben ...

Da vernahm sie eine feine, ihr vertraute Stimme: „Denk nach ... Was hat Thylta-Ma gesagt? Die Wüste formt sich nach deinen Gedanken!" Lina durchzuckte es … O je, ich habe mir selbst diesen Strudel erschaffen! Einen kurzen Moment lang erschrak sie so sehr, dass sie beinahe vom Sand verschluckt worden wäre. Fieberhaft drehten sich ihre Gedanken. Sie musste etwas anderes denken!

„Wie war das noch einmal … Gegenwart ist Sicherheit, also gaaaanz ruhig … Was ist jetzt gerade? Ich spüre den fließenden Sand, wie in einer Sanduhr. Ich spüre mein Herz schnell schlagen, ich habe keinen Halt mehr … Stopp!!!! Innerlich gab sie sich einen Ruck: Ich atme ein und aus … Ich bin ruhig … Der Sand unter mir wird fester, ich spüre Boden unter den Füßen. Ich sehe meine Füße und meine Beine. Ich kann meine Arme frei bewegen … Ich kann aufstehen. Ich klopfe den Sand aus meiner Kleidung. Hier und jetzt stehe ich in der Wüste. Es ist wie ein Zauber!"

Sie holte noch einmal tief Luft und schüttelte den restlichen Schreck aus ihren Knochen. Ihr ruhiger Atem und der feste Boden unter den Füßen gaben ihr Zuversicht. Sie hatte dieses Wunder nur durch eine Veränderung ihrer Gedanken bewirkt! Mit neuem Mut machte sie sich wieder auf den Weg, vielleicht würde sie vor Einbruch der Nacht noch ein gutes Stück weiterkommen ...

Im Zwielicht begannen ihre Gedanken zu wandern. Warum war sie überhaupt in diese Lage gekommen? Sicherlich war sie der Grund für die Erkrankung des Grumpfs. Sie hatte irgend etwas übersehen, etwas falsch gemacht ... Sie machte doch immer etwas falsch ... Und wenn sie nach so kurzer Zeit schon den Rat von Thylta- Ma vergessen hatte, würde sie es wohl nie schaffen, Hilfe zu finden. Ihre Beine wurden schwer, die Füße sackten tief in den Sand, jeder Schritt war so furchtbar anstrengend! Sie würde wohl in der Wüste sterben. Etwas anderes hatte sie ja auch nicht verdient.

„Guten Abend!" Erschrocken blieb Lina stehen. Vor ihr zwischen den Felsen - wo kamen die denn plötzlich her? - saß Thylta-Ma. „Mir scheint, du bist im Kreis gelaufen ..."

„Ja ... war ja auch nicht anders zu erwarten, wie konnte ich nur denken, dass ich es schaffe, einen Weg in der Wüste zu finden. War doch klar ... Das war es wohl, was ich endlich erkennen und mir eingestehen sollte ... Ich bin unwissend, ich habe mich überschätzt. Ich tauge zu nichts! Nun werde ich zurück zum Grumpf gehen, es gibt keine Hilfe

... Was lächelst du so? Ich bin schuld an allem, was passiert ist. Es geschieht mir ganz recht!"

Thylta-Ma blieb ungerührt: „Atme einmal tief ein und aus ... Gut ... und nun erinnere dich daran, was ich dir sagte. Die Wüste und dein Weg formen sich nach deinen Gedanken. Mit IMMER und NIE hast du eine absolute Überzeugung gedacht und ausgesprochen. Das Absolute ist in sich geschlossen. Es gibt keine Ausnahme und keine Abweichung. Folglich bist du im Kreis gelaufen."

Lina traten Tränen in die Augen: „Also habe ich schon wieder versagt!"

„Nein, du hast eine Erfahrung gemacht!", erwiderte Thylta-Ma.

Lina war verwundert über die Sanftheit in ihrer Stimme. „Das ist also nicht schlimm?"

„Nimm sie als ein Geschenk der Erkenntnis."

„Hmmm ... Alles Absolute führt mich im Kreis ..."

„Hast du noch eine Erfahrung gemacht?"

„Ja", erwiderte Lina nachdenklich, „die Gegenwart ist wie ein Zauber. Mit ihr bekomme ich wieder festen Boden unter den Füßen."

„Das klingt wundervoll."

Die Felsen waren noch angenehm warm von der Sonne und das Dunkel der Nacht legte sich über die Wüste. Lina konnte keinen Gedanken festhalten und fiel in einen tiefen, traumlosen Schlaf.

Am nächsten Morgen weckten sie die frühen Sonnenstrahlen. Sie sah sich um. Thylta-Ma war nirgends zu sehen. Sie trank von ihrem Wassertropfen, aß ein paar Beeren und dachte über den vergangenen Tag nach. Absolutheit führt im Kreis, die Gegenwart schafft festen Boden ... Wollte sie Hilfe für den Grumpf finden, musste sie diese beiden Regeln unbedingt beachten.

„Guten Morgen!", Thylta-Ma kroch hinter einem Stein hervor, „du siehst zuversichtlicher aus."

„Ja", meinte Lina, „und ich danke dir vielmals für deine Hilfe!"

„Gerne geschehen", entgegnete Thylta-Ma, „ich habe noch etwas für dich. Geh zu dem Strauch dort drüben!" Sie wies mit ihrem Kopf in Richtung eines kleinen Gestrüpps, das zwischen den Felsen hervorlugte. Lina stand auf. Unter den vertrockneten Zweigen fand sie drei eigenartige Gebilde. Sie waren grau-bräunlich und hatten die Form versteinerter Wassertropfen.

„Das sind Wortknospen in ihrem Trockenschlaf", hörte sie Thylta-Ma sagen, „wenn du dich verloren fühlst, benetze sie mit etwas Wasser und du wirst Hilfe erhalten."

Lina steckte die Knospen vorsichtig in ihren Beutel. Kurz zögerte sie, dann machte sie sich auf. Immer wieder drehte sie sich um und winkte Thylta-Ma zum Abschied zu. Dann wandte sie ihren Blick in die Ferne und stapfte los.

Als sie sich noch einmal umdrehte, waren die Felsen schon nicht mehr zu erkennen. Sie überließ sich dem Rhythmus ihrer Schritte und murmelte immer wieder vor sich hin: „Ich sehe das feine Glitzern des Sandes in der Vormittagssonne, ich spüre den Boden unter meinen Füßen, den Wind in meinem Haar, die Sonnenstrahlen auf meiner Nase …"

Schritt um Schritt begann sich etwas zu verändern. Ein seltsames Kribbeln stieg in ihr auf, erst in die Füße, dann in die Beine, in den Bauch, die Brust, die Arme und zuletzt in den Kopf. Lina blieb stehen. Sie war auf einem Hochplateau angekommen und betrachtete die Weite der Landschaft um sich herum. Das Kribbeln war nun so stark, dass sie es kaum aushalten konnte. Sie konnte nicht anders. Sie breitete ihre Arme aus, begann sich im Kreis zu drehen, als wolle sie den Horizont um sich herum erfassen.

Freiheit! Sie war frei! Sie fühlte sich eins mit der Unendlichkeit um sich herum. Das Kribbeln gab ihr das Gefühl, zu fliegen und gleichzeitig Kraft aus den Tiefen der Erde zu schöpfen. Es gab nichts, was sie einengte, keinen Menschen, keine Forderung, keine Zweifel, nichts. Sie ließ sich in den Sand fallen. Über ihr war nur das Blau des Himmels. Was für ein wundervolles Gefühl!

Während sich ihr Blick in dem endlosen Blau verlor, begannen sich Bilder vor ihrem inneren Auge zu formen. Früher als Kind hatte sie so in der Wiese gelegen und den Wolken zugesehen, die im beständigen Formwandel Geschichten erzählten, und neben ihr, ruhig schnaubend, lag Maruk, ihr geliebtes Feuerpferd mit den weichen Nüstern. Mit einem Mal überkam sie schmerzvolle Sehnsucht. Wie sehr sie ihren Gefährten vermisste! Wie unabänderlich sie mit ihm verbunden war! Der Schwur ewiger Treue wirkte bis in diesen Augenblick. Wie hatte sie ihre Zuneigung zu ihm in all den Jahren betäuben können?

Nun überkam sie dieses alte, vertraute Gefühl wie eine Welle. Maruk. Die Erinnerung wurde so deutlich, als ob sie ihn spüren, riechen und hören konnte. Mit allen Fasern ihres Körpers sehnte sie ihn herbei. Ihr war, als würde sie den Ruf nach ihrem Gefährten mit den Zeitwellen ihres Herzschlags in die Weite der Wüste schicken.

Poch-poch, poch-poch …

Mit einem Mal schien die Wüste ihr zu antworten: Poch- poch, poch-poch … Das Geräusch kam näher und näher, der Boden begann zu vibrieren. Ein Ruck, Lina saß kerzengerade und lauschte. Das war nicht der Herzschlag der Wüste! Das war ein galoppierendes Pferd! Aufgeregt sprang sie auf. Aus der Ferne wirbelte eine Sandwolke auf sie zu. Und ehe sie sich fassen konnte, stand er vor ihr: „Maruk!" Überwältigt von der Wiedersehensfreude umschlang sie seinen Hals und grub ihr Gesicht in die vertraute Mähne. Heilende Tränen eines bisher ungefühlten Schmerzes rannen über ihr Gesicht.

Maruk schnaubte leise: „Steig auf, ich werde dich ein Stück deines Weges begleiten!" So ritten sie gemeinsam weiter durch die Wüste. Lina erzählte Maruk, wie sie in die Wüste gelangt war. Auch er hatte eine Menge erlebt. Es war, als ob sie nie voneinander getrennt gewesen wären. Als sie müde wurden, suchten sie sich ein Nachtlager am Fuße des Plateaus.

Lina gab Maruk von ihrem Wasser zu trinken, von den Nüssen und Beeren zu Fressen und dicht aneinandergeschmiegt schliefen sie unter dem nächtlichen Sternenhimmel ein.

Am nächsten Tag liefen sie gemeinsam weiter.

„Diese Wüste ist schon ein wahrhaft unwirtlicher und lebensfeindlicher Ort", meinte Lina zu Maruk. „Du und ich sind die einzigen lebenden Seelen weit und breit. Es ist wohl die Einsamkeit, die zur Erkenntnis führt."

Maruk zuckte mit seinem linken Ohr, als wolle er eine Fliege verscheuchen: „Die Einsamkeit ist eine Fata Morgana, ich werde es dir zeigen!" Mit seinem feinen Gespür zeigte er Lina Käfer, Skorpione und Schlangen, die der Sonne, Hitze und Trockenheit trotzten. Als es Nachmittag wurde, hüpfte eine Springmaus vor ihnen durch den Sand und in einem Unterschlupf, verborgen im Geröll, entdeckten sie einen kleinen Wüstenfuchs mit großen Ohren.

Nachdenklich wandte sich Lina an Maruk: „Warum ist mir das bisher nicht aufgefallen? Das Wunder des Lebens ist so großartig, es ist stärker und vielfältiger, als ich je gedacht hätte. Wie konnte ich all das nicht bemerken, wie konnte ich mich nur einsam fühlen inmitten all dieses Lebens! Aber wenn es nicht die Einsamkeit ist, warum wurde ich in eine Wüste geschickt?"

„Die Wüste", entgegnete Maruk, „ist der Ort, an dem die Illusionen derart real werden, dass wir sie erkennen können. Die Wahrheit verbirgt sich meistens direkt hinter dem ersten Augenschein!"

Lina ließ ihren Blick über die ausgedehnten Sandflächen schweifen. Welch unbändiges Wunder des Lebens umgab sie! Dankbar kraulte sie Maruks Stirn.

Das Kitzeln einer Haarsträhne an ihrer Wange ließ sie aus ihrer Versunkenheit auftauchen: „Ich habe das Gefühl, dass ich nun alleine weitergehen muss!"

Maruk blies seine Nüstern auf und nickte: „Du weißt ja nun, wie wir uns jederzeit wiederfinden können!"

Zum Abschied legte sie ihre Stirn an die seine. Sie spürte seine ruhige Kraft. Dann trat sie einen Schritt zurück, Maruk warf den Kopf zur Seite, drehte sich wiehernd um und verschwand im schnellen Galopp, so, wie er gekommen war, zwischen den Dünen.

Lina überließ sich den Gedanken und Gefühlen, die sie durchströmten. Als sie schließlich innerlich zur Ruhe kam, durchflutete sie ein tiefes Gefühl der Dankbarkeit. Wer war sie, dass sie all das erleben durfte? Welche Gnade war ihr, ausgerechnet ihr, in den letzten Tagen zuteilgeworden. Sie würde sich Zeit nehmen, die Erlebnisse in sich aufnehmen und morgen weitersehen.

Der nächste Tag zeigte sich erneut mit einem tiefblauen Himmel, die Morgensonne tauchte den Wüstensand in ein warmes Orangerot. Unschlüssig fuhr sich Lina durch ihr Haar, nahm den Beutel in die Hand und knetete ihre Ratlosigkeit in den festen, rauen Stoff. Plötzlich fühlte sie etwas Hartes. Natürlich, die Wortknospen! Hatte Thylta-Ma nicht gesagt, sie würden ihr helfen, wenn sie einen Rat brauchte? Behutsam nahm sie eine Knospe in die Hand und benetzte sie vorsichtig mit Wasser.

Ein leises Zittern ging durch die Knospe und mit einem „Plopp!" öffnete sie sich. Eine rosafarbene Blüte schmiegte sich in Linas Handfläche. Deutlich und klar vernahm sie die Worte: „Ich bin!". Während Lina wie verzaubert das erblühte Wunder betrachtete, löste sich die Blume in winzige Staubkörnchen auf und der Morgenwind trug sie wie einen zarten, farbigen Hauch davon.

„Ich bin!", dachte Lina. „Was fange ich jetzt damit an? Nun gut, frisch versucht, ist halb gewonnen ..."

Und so stapfte sie los. „Ich bin verwirrt, ich bin zuversichtlich, ich bin dankbar, ich bin müde ..." Ja was denn nun? Wie, wer oder was war sie? Leise skandierte sie vor sich hin: „Ich bin ..., ich bin ..., ich bin ..." Der Rhythmus der Schritte verband sich mit dem ihrer Worte und begleitete sie wie das Klirren eines Schellenrings:

„Ich bin, ich bin, ich bin ..."

„Ich bin!", raunte die Sanddüne. „Ich bin!", flüsterte der Wind. „Ich bin", murmelte der Felsen. Der Chor schwoll an zu einem großen, alles vereinenden „Ich bin!". Linas Schritte stockten. Der Raum um sie herum, bis ans Ende der Wüste, bis ans Ende der Welt, war erfüllt von diesem einen Satz. Ehrfurcht ergriff sie.

„Ich bin", flüsterte sie.

Jenseits dessen gab es nichts. Nichts, was Bedeutung hatte. Sie war Teil des großen, allumfassenden „ICH BIN!". Mehr noch, es war in ihr, sie selbst war es, in jeder Zelle, in jedem Gedanken, in jedem Atemzug. Sie spürte die Milliarden Atome ihres Daseins, ihr Ich, ein eigenes Universum, untrennbar eingebettet, durchdrungen vom großen ICH BIN.

Lichtwellen aller Farbfrequenzen explodierten in einem hellen, leuchtenden und reinen Weiß.

Wassertropfen perlten über ihr Gesicht und ließen sie zu sich kommen. Sie öffnete ihre Augen. Es war zwielichtig um sie herum. Sie schien in einer Art Höhle zu sein, es war kühl und roch nach Granit. Sie setzte sich auf und sah sich um. Neben ihr plätscherte eine Quelle, die ein kleines Wasserbecken füllte. Von dort hörte sie eine feine Stimme: „Willkommen zurück!"

„Atiz!", rief Lina glücklich. Ihre trägen Gedanken sammelten sich zu einer einzigen Frage. „Wie bin ich hierhergekommen?"

„Ich vermute, du hast deine Reise durch das Tor beendet." Atiz malte mit seinem Schwanz einen Kreis in die sanft gluckernden Wellen.

Noch etwas benommen rieb sich Lina das Gesicht. Sie spürte ein leichtes, prickelndes Kribbeln, jede Zelle ihres Körpers ließ eine einzige Botschaft erklingen: „ICH BIN!" So lebendig hatte sie sich noch nie gefühlt. Irgend etwas war mit ihr geschehen.

„Ich bin", meinte sie zu Atiz, „ich bin Teil des großen ICH BIN, das ICH BIN ist in mir, ich bin es selbst. Ich weiß es, ich spüre es. Mehr gibt es nicht. Keine Fehler, keine Schuld, kein Versagen. Ich bin, das ist alles, so wundervoll! Auch du bist Teil davon, die Höhle ist es, die Wüste und Thylta-Ma, auch Maruk und der Grumpf auch." Suchend sah sie sich um. Der Schriftzug in der Höhlenwand war verschwunden: „Wo ist das Tor?"

„Oh", Atiz sah sie wissend mit seinen Sternenaugen an, „es war dein Tor in jenem Augenblick deines Daseins. Du hast es gesehen und es durchschritten. Das Tor zur Erkenntnis dessen, wer oder was du bist, steht dir jeden Moment in deinem Leben offen. Deine falsche Vorstellung von dir selbst hat dazu geführt, dass du es aus Angst vor der Antwort immer wieder übersehen hast. Manchmal hast du es auch einfach verschwinden lassen. Dieser eine Augenblick war wohl ein guter Moment."

Lina blickte nachdenklich zur Höhlenwand. Jener Zeitpunkt schien ihr nun weit entfernt, die Lina von damals gab es nicht mehr. „Ich bin nicht mehr die, die ich war", raunte sie.

„Du bist nie die, die du einmal warst, du bist stets nur die, die du gerade bist, genau hier und jetzt."

„Dann gibt es also immer nur das ICH BIN", meinte Lina nachdenklich, „als einzige immerwährende Wahrheit. Ich glaube, ich werde noch ein Weilchen brauchen, um das alles zu begreifen." Ein seltsames rhythmisch wiederkehrendes Schnarren vor der Höhle ließ sie aufhorchen.

„Der Grumpf ist auf seiner Suche nach dir vor dem Höhleneingang eingeschlafen."

Etwas zerstreut stand Lina auf: „Du meintest damals, wenn ich wissen würde, wer ich bin, könnte ich auch eine Medizin für den Grumpf finden. Doch wie und wo finde ich sie?"

„Für ein verloren gegangenes Wissen über sich selbst hilft am besten die Erfahrung des großen, allumfassenden ICH BIN, so wie bei dir in der Wüste."

Lina sah Atiz nachdenklich an: „Hilft es vielleicht, wenn er die beständige Gegenwart von meinem ICH BIN spürt? Ich weiß nicht sicher, ob ich dieser Aufgabe gewachsen bin, doch diesmal bleibt mir nur der Weg zurück durch den Höhleneingang und nach Hause. Ein zweites Mal werde ich ihm wohl nicht entkommen." Sie seufzte.

Doch irgend etwas war da noch und wollte gedacht werden. Lina runzelte ihre Augenbrauen und versuchte, die Gedanken, die hinter ihrer Stirn hin und her huschten, zu fassen. Ach ja, da ... Sie hockte sich an das Wasserbecken: „Ich konnte dich in der Wüste hören, Atiz, du hast mich daran erinnert, meinem Gefühl zu folgen. Wie war das möglich?"

„Ich bin ein Wasserdrache und daher kann ich überall sein, wo es Wasser gibt!"

„In der Wüste?"

„Natürlich", Atiz hob seinen Schwanz aus dem Wasser und ließ einen Tropfen in das Wasser perlen, „dachtest du etwa, es gibt irgendeinen Ort auf dieser Welt, an dem es kein Wasser gibt? Wo Wasser ist, ist Leben, wo Leben ist, ist Wasser! Vor Sonnenaufgang benetzen winzige Tautropfen die scheinbar leblose Wüste. Also kann ich überall sein, wenngleich manchmal nur flüchtig. In so einer frischen Quelle fühle ich mich jedoch am wohlsten."

„Das bedeutet, dass wir weiterhin miteinander reden können!", erleichtert streckte Lina ihre Hand ins Wasser.

Atiz legte seine kleine Vorderpranke auf ihre Fingerspitzen: „Versprochen und jederzeit gerne, von Angesicht zu Angesicht und von Herz zu Herz!"

Lina erhob sich: „Nun gut, dann werde ich mich wohl auf den Heimweg machen!"

„Nimm den Rucksack ruhig mit!"

Dankbar nahm Lina den kleinen Beutel voller Wüsten-Erinnerungen auf und verabschiedete sich. Dann holte sie tief Luft und machte sich auf zum Höhlenausgang.

Vor ihr, an dem Felsen, an dem auch Lina sich vormals angelehnt hatte, saß der Grumpf und schlief. Lina nahm noch einen tiefen Atemzug und weckte ihn. Er blinzelte sie verschlafen an. Sie nahm ihn wortlos bei der Hand und machte sich mit ihm auf den Weg nach Hause.

Dort angekommen, verriegelte der Grumpf das Gartentor mit einem zusätzlichen Schloss und die nächsten Tage war er damit beschäftigt, die Sicherheitsvorkehrungen um den Garten herum zu erhöhen. So schnell sollte Lina den Garten nicht wieder verlassen!

Das Vergessen, wer er war, machte den Grumpf unruhig, oft schimpfte und grollte er. Die kleinen Tiere, die noch im Garten lebten, flohen durch die dichter werdende Hecke oder flogen von dannen. Tag um Tag verging ab nun in Stille. Über den Garten legte sich eine Glocke diffuser, irrlichternder Gedanken.

Eines Nachmittags bemerkte Lina einen kleinen grünen Vogel mit orangefarbener Brust voller Sommersprossen. „Ah nitt, nitt, nitt! Ah nitt, nitt, nitt!", zwitscherte er und hüpfte von Ast zu Ast.

„Wieso bist du nicht weggeflogen, wie all die anderen?", fragte Lina.

„Ah nitt, nitt, nitt!", antwortete der Vogel, „der Garten ist nun einmal mein Zuhause! Ich werde hierbleiben und singen."

Linas Augen füllten sich mit Tränen: „Ich danke dir, schon fühle ich mich nicht mehr so allein!"

Manchmal, wenn der kleine Vogel auf dem Apfelbaum neben dem Haus saß und zwitscherte, wurde der Grumpf etwas ruhiger. Das kleine Vogelkonzert war die einzige Abwechslung im stillen Fluss der Zeit.

Lina dachte über ihre Erlebnisse nach. Das allumfassende Sein barg das Wunder des Lebens, jedes einzelne Lebewesen, jeder Stein, jeder Sonnenaufgang atmete das Wunder des ICH BIN! Sie spürte in sich hinein, fühlte das sanfte Kribbeln in ihren Zellen und ihr war, als spüre sie ein kleines, stetes Leuchten in sich. Sie fühlte sich verbunden mit dem beständigen Wandel des Immerwährenden um sie herum, sie war ein Teil von allem, vom großen, unendlichen Sein. Sie beobachtete den Grumpf. Wenn sie ganz lange und achtsam hinsah, umgab auch den Grumpf ein sanftes Schimmern. Egal ob er gerade unruhig die Hecke kontrollierte, neue Pfähle in die Erde grub, um den Zaun noch etwas mehr abzudichten, ob er vor sich hin schimpfte oder schlief. Das Leuchten des ICH BIN war immer da! Er musste nur sein eigenes wundervolles Sein erkennen, dann würde alles gut werden! Diesen Gedanken musste sie mit jemandem teilen! Wenn sie nur mit Atiz reden könnte!

Da kam ihr eine Idee. Als es dunkel geworden war und der Grumpf sich in das Haus zurückgezogen hatte, lief sie zum Gartenteich.

„Atiz!", rief sie leise.

Die Wasseroberfläche kräuselte sich und Lina konnte im blassen Mondlicht den kleinen Drachenkopf erkennen.

„Atiz, oh Atiz, ich freue mich so sehr!"

„Ich bin auch glücklich, dich wiederzusehen!", meinte der Wasserdrache. Lina erzählte ihm von ihrer neuen Entdeckung des ICH-BIN-Leuchtens im Grumpf. Atiz nickte verstehend.

„Jetzt wird es wichtig werden, dass der Grumpf dieses Leuchten selber erkennt!" Bedächtig wiegte er den Kopf hin und her. „Das ICH BIN geht weit darüber hinaus, wer oder was wir sind. Alles Sein kommt an diesem Punkt des Gegenwärtigen zusammen, wie die Farben in dem weißen Lichtstrahl, den du erlebt hast. Erkennst du, dass du bist, ist dies viel größer, als zu wissen, wer du bist."

An den nächsten Abenden wurde es Lina zu einer lieben Gewohnheit, zum Gartenteich zu gehen und mit Atiz zu sprechen. Es war wundervoll, einen Drachen zum Freund zu haben. Tagsüber half ihr das Zwitschern des kleinen Vogels in der Stille.

Wie konnte es ihr bloß gelingen, dem Grumpf sein Leuchten bewusst zu machen? Sie versuchte es, indem sie ihn lange liebevoll ansah, bis ihre Augen schmerzten. Der Grumpf reagierte ungehalten und trollte sich von dannen. Sie sang Lieder über das schöne leuchtende Licht. Der Grumpf jedoch hielt sich die Ohren zu, er könne ihr schiefes Geträller nicht ertragen. Sie schrieb mit großen Buchstaben „Ich bin, ich bin das Licht!" auf Zettel und verteilte sie im Haus. Der Grumpf riss sie ab und warf sie in den Kamin.

Abends am Gartenteich klagte Lina über ihre Ratlosigkeit.

„Alles hat seine Zeit", antwortete Atiz, „der Sand in einer Uhr läuft nicht schneller, wenn du sie schüttelst."

Doch Lina versank mehr und mehr in das graue Gefühl der Ausweglosigkeit. Die Erkenntnis, Teil des großen allumfassenden Lebens zu sein, die tiefe Dankbarkeit, die sie empfunden hatte, begannen mehr und mehr zu verblassen. Wahrscheinlich gab es doch keine Heilung für den Grumpf und jetzt konnte sie nicht einmal mehr fliehen.

Zu allem Unglück wurde der Grumpf zusehends kränker und kränker. Er wollte nichts mehr essen und trinken, wurde dünner und schwächer. Eines Tages war er zu schwach, um aufzustehen. Er lag in einer Ecke des Zimmers, unruhige Schauer liefen über seinen Körper, er rollte mit den Augen und sobald Lina sich näherte, knurrte er. Auch das Zwitschern des Vogels wollte er nicht hören. Er stopfte sich Flocken seiner Kissenfüllung in die Ohren und band sich das Laken um den Kopf.

„Was soll ich bloß tun?", verzweifelt wandte sich Lina abends an Atiz, „der Grumpf wird sterben."

Atiz blickte zu ihr auf: „Hast du keine Wortknospen mehr übrig? Thylta-Ma gab sie dir doch zur Hilfe in schwierigen Zeiten. Vielleicht ist jetzt der Augenblick gekommen, wieder eine Knospe zum Blühen zu bringen."

„Oh, die Wortknospen hatte ich ja ganz vergessen! Danke, Atiz!" Sogleich lief Lina ins Haus, holte ihren Rucksack, nahm eine Wortknospe heraus und lief mit ihr zurück zum Teich. Klein und trocken lag sie in ihrer Hand. Vorsichtig tauchte Lina ihre Fingerspitzen ins Wasser und benetzte die Knospe mit dem kühlen Nass. Wieder öffnete sich mit einem „Plopp". Diesmal schillerte die Blüte an den Rändern silbern und der Blütenkelch erstrahlte in einem tiefen Blau. Deutlich vernahm Lina ihre Botschaft: „Vertraue!" Und sogleich löste sich die Blüte in ihrer Hand auf und verschwand wie eine kleine Wolke aus Sternenstaub im Dunkel der Nacht.

„Vertraue! Wem oder was soll ich denn vertrauen? Dir, Atiz? Mir? Dem Grumpf?"

Atiz pustete durch seine Nasenlöcher: „Wenn du die Antwort eines Drachen willst, gespeist aus Erfahrungen vor der Zeit ... vertraue dem ICH BIN."

Lina wurde ungeduldig: „Das habe ich die ganze letzte Zeit doch schon getan. Es hat nichts geholfen, dem Grumpf geht es noch schlechter!"

Atiz blickte sie freundlich an: „Warte ein wenig ab, die Morgensonne wärmt nicht nur die Erde, sondern auch das Herz und lässt frische Gedanken sprießen! Bedenke, das allumfassende Sein ist viel größer, als du dir je vorstellen kannst, Hilfe kann von überall kommen, wenn du bereit bist, sie wahrzunehmen."

Etwas unwillig verabschiedete sich Lina von Atiz und ging ins Haus. Sie dachte über seine Worte nach. Vertraue dem ICH BIN, dem allumfassenden Sein, werde dir der Hilfe gewahr, von wo auch immer sie kommen mag. Wie sollte das in diesem abgeschotteten Garten gehen? Und wer oder was würde ihr in ihrer misslichen und hoffnungslosen Lage schon helfen können? Lieber würde sie die Sanduhr anhalten, als sie zu schütteln. Sie betrachtete den Grumpf in seiner Schlafecke. Der Schimmer um ihn herum war kaum mehr wahrzunehmen. Nicht mehr lange, und er würde sterben, ohne zu wissen, wer er war.

„Ah nitt, nitt, nitt, ah nitt, nitt, nitt", besang der kleine Vogel den neuen Morgen, unbeirrt von der Abweisung, die er durch den Grumpf erfahren hatte.

„Dem ICH BIN vertrauen", murmelte Lina und an den Vogel gewandt sagte sie: „Weißt du, wie ich das mache?"

„A nitt, nitt, nitt," zwitscherte der Vogel, „ich finde das nicht schwer, in der Nacht vertraue ich dem Schutz des Baumes, in dem ich schlafe. Sobald ich mich in die Lüfte erhebe, vertraue ich der Kraft meiner Flügel!"

„Der Baum ist stark und fest", überlegte Lina, „deine Flügel sind klein wie du und dennoch kräftig, das kann ich verstehen, aber ich? Wo sind meine Stärke, Festigkeit und Kraft?"

Hatte Atiz nicht gesagt, sie müsse nur achtsam sein, um zu erkennen, woher Hilfe käme? Das große Sein sei viel mehr als sie? Vielleicht waren die Worte des Vogels ja ein wichtiger Hinweis ... Er vertraut seinen Flügeln und dem Baum. Er findet in beiden Stärke, Festigkeit, Kraft. Ihre Möglichkeiten waren anscheinend erschöpft, alleine konnte sie nicht weiter. Doch wem konnte sie vertrauen? Wer war stark und kräftig? Plötzlich war es ihr, als sei ihr Gedankenhimmel so klar wie der Morgen. Maruk! Natürlich, Maruk! Unerschütterlich war das Band zwischen ihnen. Lina setzte sich unter den Apfelbaum, konzentrierte sich auf das Pochen ihres Herzens und stellte sich vor, wie es im Rhythmus von Maruks Galopp trommelte. „Maruk, ich brauche dich!", rief sie mit all der Kraft ihres Herzens.

Es dauerte nicht lange und sie vernahm ein leises Schnauben hinter der Hecke. „Maruk?", flüsterte sie.

„Ich bin hier, auf der anderen Seite des Gartenschutzwalls", wieherte Maruk leise, „ich kann nicht zu dir hinüberkommen, der Zaun ist zu hoch und zu dicht! Doch ich bin für dich da!"

„Maruk, bitte hilf mir, der Grumpf stirbt, ohne erkannt zu haben, wer er ist. Es geht ihm immer schlechter. Ich habe vieles versucht, um ihn von seinem ICH BIN zu überzeugen, aber er hört und achtet nicht auf mich! Die Wortknospe riet mir, zu vertrauen, ich weiß dennoch nicht weiter!"

„Du brauchst mehr als deine eigene Kraft", entgegnete Maruk, „vertraue dem allumfassenden Sein, irgendwo, auch wenn du es selbst noch nicht weißt, ist immer Hilfe. Du kannst nie allein sein. Wenn du darum bittest, wird von irgendwo aus dem Immerwährenden das kommen, was du brauchst."

„Wirklich?", fragte Lina erstaunt.

„Ja, so wahr ich hier bei dir bin", entgegnete Maruk. Lina meinte, ein leises Lächeln in seiner Stimme zu vernehmen.

„Was es auch immer sein mag, was ich noch nicht kenne, Maruk, ich brauche Hilfe, die weit über mein eigenes Wissen und meine Erfahrung hinausgeht."

Sie hörte ein mahlendes Geräusch von der anderen Heckenseite.

„Was machst du da?", fragte sie.

„Oh", entgegnete Maruk, „ich probiere eure Hecke, ich brauche ein wenig Gedankenfutter, um mich darin einzuschmecken, welche Hilfe du brauchst."

„Ich brauche jemanden, der dem Grumpf das Licht des ICH BIN so klar und intensiv schickt, dass er wieder zu sich kommt!", platzte es aus Lina heraus, „nur wer sollte das sein? Außerdem müsste derjenige fliegen können, um die Hecke zu überwinden!"

Auf der anderen Heckenseite wurde es kurz still.

„Maruk, bist du noch da?", wollte Lina wissen.

„Ja ... deine Worte und das besondere Aroma der Ahorntriebe in eurer Hecke deuten auf etwas wirklich Schwieriges hin. Wer könnte das wohl übernehmen? Hmm, bist du bereit für Hilfe, die du nicht erwartest?"

„Ja!", Linas Worte waren fest und bestimmt: „Was auch immer es sein mag, ich will nicht, dass der Grumpf so stirbt!"

„Ich vermute, da bleibt zur Hilfe nur Mary-Ann", schnaubte es auf der anderen Heckenseite.

„Mary-Ann? Wer ist das?", wollte Lina wissen.

„Das wirst du noch rechtzeitig erfahren", entgegnete Maruk, „ich muss mich jetzt erst einmal auf die Suche nach ihr machen und herausfinden, ob sie Zeit hat! Bis dann!" Mit einem kurzen Wiehern verabschiedete sich Maruk und Lina vernahm, wie das rhythmische Galoppieren ihres geliebten Freundes leiser und leiser wurde, bis sich wieder die gewohnte Stille über den Garten legte.

Unruhig stapfte Lina neben der Hecke auf und ab. Als der innere Aufruhr zu groß wurde, ging sie zum Gartenteich und setzte sich. Obwohl es Tag war und sie sich bisher nur im Schutz der Dunkelheit getraut hatte, mit Atiz zu sprechen, rief sie leise nach ihrem Freund. Mit einem leisen Plätschern hob sich der Drachenkopf aus dem Teich. „Maruk will Hilfe holen, er meinte, eine Mary-Ann könnte die Richtige sein", sprudelte es aus Lina heraus, „doch was, wenn sie keine Zeit hat, was, wenn auch sie nicht weiterweiß?"

„Ruhig, ganz ruhig." Mitfühlend kroch Atiz ein wenig aufs Land und schmiegte seinen Kopf an Linas Knie, „du hast heute Morgen tatsächlich vertraut und nun keimt Hoffnung in dir. Du hast damit begonnen, den Rat der Wortknospe umzusetzen. Nun vertraue darauf, dass Mary-Ann etwas für den Grumpf tun kann."

„Du hast wohl recht, Atiz", meinte Lina, „es ist wie damals in deiner Höhle, ich kann nur weitergehen und nun ist mein inneres Tor wohl das Vertrauen."

In diesem Moment ertönte ein seltsames Pfeifen aus dem Haus. Lina sprang erschrocken auf. Atiz purzelte zurück ins Wasser.

„Ich muss nachsehen, was da passiert ist!", rief sie und lief in Richtung der Eingangstür.

Sie riss die Haustür auf. Der Grumpf lag still und bewegungslos in seiner Ecke. Sein Atem war schnell und flach, wie in den letzten Tagen. Er schien nichts gehört zu haben.

„Entschuldige bitte den Schreck, normalerweise reise ich lautlos!" Lina fuhr herum.

Zu ihrer Rechten saß in einem großen roten Ohrensessel eine gemütlich aussehende ältere Dame und blickte sie an: „Übrigens, ich bin Mary-Ann, ich nehme an, du bist Lina", meinte sie freundlich.

„Ja, die bin ich", stammelte Lina, „wie bist du hier reingekommen?"

„Oh", entgegnete Mary-Ann, „es scheint, es gibt noch viel für dich zu lernen. Für heute sieh es als Teil meines Berufsgeheimnisses an. Maruk hat mich gebeten, hier zu helfen. Was darf ich für dich tun?"

Lina schüttelte das Gefühl des Überrumpelt-Seins ab und erzählte so knapp wie möglich über die seltsame Krankheit vom Grumpf und ihre Versuche, ihm zu helfen.

Mary-Ann hörte ihr geduldig zu und betrachtete dabei den Grumpf. „Sein Lebenslicht ist wirklich schon sehr schwach", überlegte sie, „er wird ganz viel vom heilenden Licht des ICH BIN benötigen, und zwar direkt aus der Quelle. Ich werde tun, was ich tun kann!"

Lina sah sie fragend an. Mary-Ann lächelte: „Wir alle können unsere Verbindung zur Quelle des ICH BIN festigen und seine heilende Kraft zum Guten einsetzen. Lass mich nur machen. Wenn es irgendwo im Grumpf ein kleines bisschen Mut zum ICH BIN gibt, wird er die Hilfe annehmen. Ich werde ein Weilchen hierbleiben und für den Grumpf sorgen."

„Und wenn der Grumpf dich rauswirft, bevor er erkannt hat, wer er ist?"

„Jeder sieht nur das, woran er glaubt", wandte sich Mary- Ann liebevoll an Lina, „insofern bin ich zumindest im Moment noch für den Grumpf unsichtbar. Ruh du dich nur ein wenig aus, du siehst müde aus!"

Lina stolperte zurück in den Garten und begab sich zum Teich. Sie brauchte nicht zu rufen, Atiz schien sie zu erwarten.

„Atiz, Mary-Ann ist da!" Völlig außer Atem erzählte Lina ihrem Freund, was sie erlebt hatte. „Ich bin mir nicht sicher, sie ist plötzlich in unserem Haus und erzählt mir etwas von der Quelle des ICH BIN. Ich hab so etwas noch nie gehört. Ich lasse sie jetzt dort alleine im Haus mit dem Grumpf. Ob ich ihr vertrauen kann?"

Die Sternenaugen von Atiz blitzten auf: „Lina, erstens hat Maruk diese Hilfe geholt, zweitens: Etwas, das du nicht kennst, kann dennoch richtig sein und wirken, oder?"

Langsam beruhigte sich Lina. Nach einer Weile schlich sie vorsichtig zum Haus und lugte zum Fenster hinein. Mary-Ann saß in ihrem Sessel, die Hände im Schoß. Von ihr ging ein wunderschönes weißes Licht aus und füllte den Raum. Um den Grumpf herum leuchtete es besonders hell. Es war das Licht aus der Wüste! Vielleicht hatte Mary-Ann wirklich die Wahrheit gesagt und konnte dem Grumpf helfen! Etwas in ihrem Herzen weitete sich. Sie spürte sich geschützt und getragen von etwas, das größer, liebevoller und weiter war als sie selbst.

„Dieses Gefühl ist Vertrauen", Atiz malte mit seinem Schwanz eine große Acht in die Wellen des Gartenteichs, „das ist die Geborgenheit im ewigen ICH BIN!"

Später am Nachmittag öffnete Lina vorsichtig die Tür zum Haus. Mary-Ann saß in ihrem Sessel und strickte bunte Socken.

So vergingen die Tage. Zwischendurch trank Lina mit Mary-Ann eine Tasse Tee, ansonsten überließ sie ihr die Zeit mit dem Grumpf. Erstmals seit Langem konnte sie ihre Sorge und Unruhe loslassen. Was auch immer geschehen würde, sie hatte keine Angst mehr.

Nach einigen Tagen veränderte sich etwas beim Grumpf. Er atmete ruhiger und tiefer. Als sich Lina zu ihm setzte, knurrte er sie nicht mehr an. Zu ihrer großen Freude durfte sie ihm etwas Wasser bringen und der Grumpf nahm ein paar Schlucke zu sich.

„Mary-Ann, ist das nicht wundervoll?"

Mary-Ann lächelte wissend: „Ja, die Kraft aus der Quelle des Seins ist wundervoll, kraftvoll und mächtig!"

Aufgeregt erzählte Lina Atiz von dem, was in ihrem Haus vor sich ging.

„Ich freue mich für dich", meinte Atiz, „auch für mich als einen in vielem erfahrenen Drachen ist das wie ein Wunder!"

Mit den Tagen wurde der Grumpf kräftiger und nahm sogar ein paar Bissen Nahrung zu sich. Als Lina eines Mittags neben ihm saß und ihm Kekse zum Essen gab, blickte er er-

kennend auf und sah Lina klar und unver-
wandt an: „Meine geliebte Lina", brummte er,
„ich bin so glücklich, dass du bei mir bist. Ich
weiß, was du für mich getan hast."

Lina war wie vom Donner gerührt. Träumte
sie oder hatte sie das gerade wirklich gehört?

Hinter ihr klapperten leise Stricknadeln.

„Mary-Ann, hast du das gerade mitbekom-
men?"

„Ja, meine Liebe, ich denke, wir sind auf
einem guten Weg! Ich kann meine Anwesen-
heit hier bei euch wohl etwas verringern."

Als sie den Schreck in Linas Gesicht bemerkte, fuhr sie beruhigend fort: „Nur verringern, nicht beenden! Ich werde, wenn du es
willst, so lange für euch da sein, wie ihr das
braucht!"

Lina hatte sich inzwischen so an die beruhi-
gende, leuchtende Gegenwart von Mary-Ann
gewöhnt, dass ihr der Gedanke eines Abschie-
des schwerfiel.

„Darf ich dich noch etwas fragen? Wie bist
du einfach so in unser Haus gekommen und
… wie konntest du die ganze Zeit, Tag und
Nacht, hier sein, ohne zu schlafen? Hast du
sonst nichts zu tun?"

Mary-Ann sah Lina strahlend an: „Du willst also mein Berufsgeheimnis erfahren? Nun gut, ich gewähre dir einen kurzen Einblick in meine Welt." Sie machte eine ausladende Bewegung mit ihrer Hand.

Mit einem Mal sah Lina, wie Mary-Ann in ihrem roten Ohrensessel bei anderen Kranken am Bett saß, Kindern eine Geschichte vorlas, Socken strickte, einer Gruppe von Menschen etwas erklärte. Und das alles gleichzeitig! Lina rang vor Erstaunen nach Luft: „Wie machst du das?"

„Ich sagte ja, du darfst noch viel lernen", gluckste Mary- Ann, „nur so viel für heute: Raum und Zeit spielen im reinen Sein keine Rolle!"

„Und was hat das mit deinem Sessel auf sich?", fragte Lina.

Einen Augenblick schwieg Mary-Ann. Und dann lachte sie. Es war das Lachen eines alten Eichenbaumes im Herbst, der sich von den Wurzeln bis in die ausladende Krone schüttelt und mit einem hundertfachen Klack, Klock, Klack die reifen Eicheln zu Boden fallen lässt.

„Ja, das war ein kleines Missgeschick in der Raum-Zeit-Achse, als ich zu euch kam. Nun gut, jetzt bist du so weit, dass ich es dir erzählen kann. Dieser rote Ohrenfreund von mir ist kein gewöhnliches Möbelstück. Er ist mein persönlicher Assistent, der rasende Sessel. Sobald ich irgendwohin muss, pfeife ich." Mary-Ann steckte ihren Daumen und Zeigefinger ringförmig in den Mund und ließ einen lauten Pfiff ertönen. „Das war das, was du gehört hast, als ich zu euch kam. Der Sessel erscheint augenblicklich und bringt mich dorthin, wo ich gebraucht werde. Er sieht nicht nur gemütlich aus, er ist auch gemütlich und schirmt mich von allem Störenden ab. So kann ich voll und ganz für denjenigen da sein, der Hilfe benötigt."

Lina sah sie überrascht an: „Dann warst du zeitgleich an mehreren Orten?"

„Ja", schmunzelte Mary-Ann, „mein guter Freund hat noch weitere Vorteile: Vor lauter Gemütlichkeit wärst du nie auf den Gedanken gekommen, dass ich anderweitig beschäftigt bin. Du hättest dich, rücksichtsvoll, wie du bist, nicht wichtig genug genommen, um die Hilfe anzunehmen. Also ist alles Absicht, so, wie es ist!"

Lina schnappte nach Luft.

Mary-Ann legte ihren Arm um Linas Schulter. „So, meine Liebe, jetzt werde ich mich auf den Weg machen. Inzwischen sind wir im Sein miteinander verbunden, sodass ich spüren werde, wenn ihr mich braucht. Hab keine Angst, der Grumpf ist auf dem Weg zur Gesundung."

Lina hätte Mary-Ann gerne noch eine Weile bei sich gehabt. Ihr bangte ein wenig vor der erneuten zweisamen Einsamkeit mit dem Grumpf.

In den nächsten Wochen bemerkte Lina manchmal ein helles Leuchten, ein anderes Mal war schemenhaft der rote Ohrensessel im Haus zu erkennen. So oder so, Lina spürte die Gegenwart von Mary-Ann. Voller Zuversicht pflegte sie den Grumpf, während er langsam wieder zu Kräften und zur Besinnung kam. Nach ein paar Wochen konnte er sitzen, dann stehen und irgendwann sogar laufen. Er nahm Lina wieder wahr, sah sie liebevoll an und begann, sich seiner selbst wieder gewahr zu werden. Eines Tages war er sicher genug auf seinen Beinen, dass er in den Garten gehen konnte. Lange betrachtete er den Schutzwall, den er vormals errichtet hatte. Sobald er sich an den nächsten Tagen stark genug fühlte, begann er, den hohen Zaun Stück für Stück einzureißen.

Und so kam es, dass die Vögel und kleinen Tiere wieder zurückkehrten und der Garten wieder ein Zuhause voll Lebendigkeit wurde.

Und wie es mit dem Grumpf und mit der Freundschaft von Lina mit Atiz, Maruk und Mary-Ann wohl weitergeht? Ob der kleine Vogel weiterhin im Apfelbaum singt? Nun denn, wir wollen die Protagonisten ein wenig allein lassen, damit sie ihre weiteren Geschichten in Ruhe erleben können.

Nachwort

Thea klappte ihr Notizbuch zu.

„Was für eine schöne, fantasievolle Geschichte." Meine Stimme war etwas belegt und ich fühlte mich ein wenig benommen.

„Das ist keine Fantasie", lächelte Thea, „es ist alles genau so geschehen."

„Du meinst, Lina, der Grumpf und all die anderen sind echt?" Ich runzelte meine Augenbrauen.

„So wahr, wie die Wahrheit nur sein kann. Ich schwöre dir, ich habe nichts erfunden!" Sie war so leidenschaftlich, dass ich innerlich aufhorchte: „Bist du am Ende vielleicht Lina?", wagte ich vorsichtig zu fragen.

Thea lachte ihr glockenhelles Lachen und sah mich mit ihren funkelnden grünen Augen an: „Eine Schriftstellerin wird doch ihre Geheimnisse nicht verraten! Nur so viel: Ich kenne Lina und ihre Geschichte ziemlich gut."

Die Sonne war inzwischen untergegangen und die Hitze des Nachmittags war einem lauen Sommerabend gewichen. Zwischen Thea und mir hatte sich eine angenehme Stille ausgebreitet. Ich hing meinen Gedanken über die Geschichte nach.

„Was ist mit der dritten Wortknospe?", fragte ich. „Lina hat sie doch nicht gebraucht."

Thea gab ihrer Stimme einen betont geheimnisvollen Klang: „Nun denn, das könnte einiges bedeuten. Ganz banal kann es ja sein, dass ich eine Fortsetzung der Geschichte plane und die Leser neugierig machen will."

Ich sah sie an: „Nein, das passt nicht zu dir!"

„Nun gut", fuhr Thea fort, „entweder hat Lina noch viele Herausforderungen vor sich und braucht hierfür die dritte Wortknospe oder die Wortknospe hat noch eine besondere Reise vor sich." Sie drehte sich um und kramte in ihrer Tasche, nahm ein trockenes, braunes, tropfenförmiges Ding heraus und überreichte es mir.

„Die dritte Wortknospe!" Ich sah auf das verschrumpelte Ding, dann wieder zu Thea. Ich hätte nie gedacht, vor etwas so unbedeutend Aussehendem Ehrfurcht zu empfinden.

„Ich denke, ihre Aufgabe ist es, ihren Blü-
tenstaub in die Welt zu tragen", meinte Thea.
Sie gab mir ihr Notizbuch.

„Nimm die Wortknospe fest in deine Hand.
Gut so. Leg sie nun auf deinen Schoß und
drück deine Hand auf die letzte Seite des No-
tizbuches. Lange und fest. Ja, genau so ...
Jetzt darfst du die Hand wieder lösen. Siehst
du in ihrem Abdruck einige ihrer möglichen
Blütenformen?"

„Das ist ja unglaublich!", rief ich, „sie könnte in all diesen Worten erblühen?"

Thea lächelte: „Wenn die Zeit dafür gekommen ist. Im Grunde birgt sie das Wunder eines jeden Wortes." Dann gab sie mir das Notizbuch: „Es ist für dich!"

Zögernd nahm ich das blaue Heft in die
Hand. Mir war, als hätte auch ich eine Aufgabe in all den Ereignissen.

Thea schien meine Gedanken zu erraten:
„Mach damit, was du willst!", meinte sie.
Dann kramte sie aus ihrer Tasche einen abge-
griffenen Zettel, auf dem einige Namen zu lesen waren.

„Falls du immer noch Zweifel an der Wahrheit dieser Geschichte haben solltest ... Es

wird ihnen allen eine Freude sein, dich kennenzulernen."

So endete meine Begegnung mit Thea Boll
und als Ergebnis dieses denkwürdigen Nachmittags hältst Du dieses kleine Büchlein in
der Hand.

Ach so, noch etwas: Warte nicht, bis das Blatt sich wendet, wende es selbst. Manchmal findet sich Hilfe und Inspiration direkt auf der Rückseite, nur einen Windstoß entfernt, wie ein leises Rascheln im Wald.

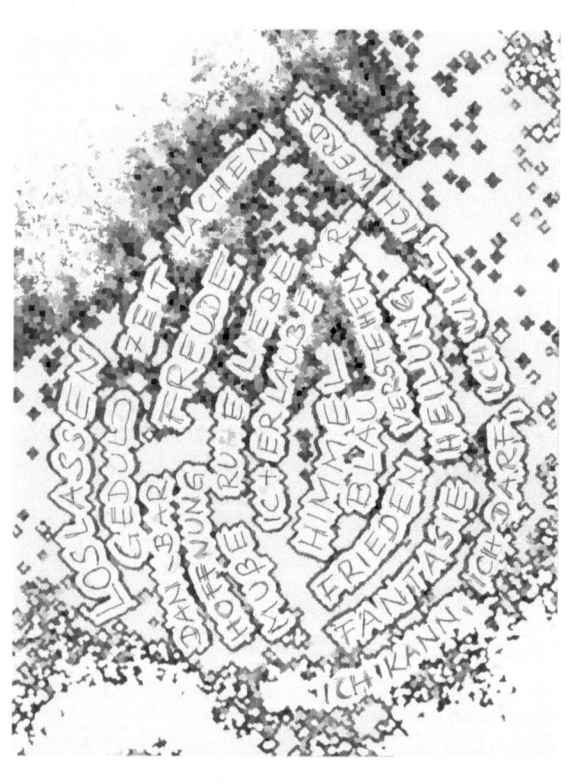